À Elsie et Gloria, qui m'ont tant inspirée
et à Helen, merci.

Traduction : Sylvie Lucas

Maquette édition française : Laure Massin
ISBN : 978-2-07-512227-6
Titre original : *Duck & Penguin are not Friends*
Publié par Andersen Press Ltd., Londres.

Numéro d'édition : 344709
Loi n° 49-956 du 16 juillet 1949
sur les publications destinées à la jeunesse
Dépôt légal : mai 2019
Imprimé en Chine par Toppan

FSC www.fsc.org MIXTE Papier issu de sources responsables FSC® C104723

Le papier de cet ouvrage est composé de fibres naturelles,
renouvelables, recyclables et fabriquées à partir de bois provenant
de forêts gérées durablement.

Julia Woolf

CANARD et PINGOUIN ne sont PAS COPAINS

Gallimard Jeunesse

Voici Camille et sa peluche préférée, Canard.

Et voici Louise et sa peluche adorée, Pingouin.

– Regarde, ils s'adorent ! dit Camille.
– Bisou, bisou, dit Louise.

Camille et Louise sont très copines.

Mais Canard et Pingouin ne sont pas du tout copains !

Cet après-midi, Camille et Louise
se retrouvent pour jouer.

– Et si on faisait de la balançoire ? dit Louise.

Camille pousse Louise très fort,
jusqu'au ciel.

Canard lui aussi
pousse très fort Pingouin…
qui tombe par terre !

– Et si on construisait un château ? dit Louise.
J'adore jouer dans le bac à sable.

– Je parie que Canard et Pingouin
adorent ça aussi, répond Camille.

– Allez, on rentre ! On prépare un gâteau, maintenant ? dit Camille.

–Moi, ce que j'aime, dit Louise, c'est remuer la pâte avec le fouet.

– Et moi, casser les œufs ! dit Camille.

Canard et Pingouin eux aussi
aiment casser les œufs…

… et fouetter la pâte !

– Le gâteau est au four ! Pendant qu'il cuit, sortons les pinceaux et la peinture, dit Camille.

– Regarde, je dessine Pingouin, dit Louise.
– Et moi, je peins Canard ! répond Camille.

Canard et Pingouin eux aussi se peignent l'un et l'autre !

– Pauvres doudous, ils sont couverts
de peinture, dit Louise.
– Et de sable ! dit Camille en riant.
– Et tout barbouillés d'œuf !
s'esclaffe Louise.

– Ne vous inquiétez pas,
dit Camille. On va vous
donner un bon bain.

– Regarde-les en train de sécher tous les deux ! dit Louise.
– Comme ils s'adorent ! dit Camille.

– Ils sont encore tout trempés, dit Louise.
– J'ai une idée, lance Camille.

– Disparue, la peinture !
dit Louise.

– Parti le sable,
dit Camille.
Et plus une trace d'œuf !

– Et voilà ! Tout beaux,
tout doux, dit Louise.

– Qu'ils sont choux,
dit Camille.

– Et si on jouait à…

… coucou, les p'tits bébés !
s'exclame Louise.

– Zut, dit Camille,
on a oublié les biberons !
– Allons vite les chercher,
dit Louise.

Et hop, les voilà parties.

Canard et Pingouin n'ont pas trop envie
de jouer à coucou, les p'tits bébés.

Se balancer très fort
jusqu'au ciel,

construire des châteaux
de sable,

casser des œufs,
fouetter la pâte,

et faire un peu
de peinture…

… c'est bien plus
RIGOLO !

– Vos biberons sont prêts ! dit Camille.

– C'est fou comme ils s'adorent ! dit Louise.